或るバイトを募集しています

くるむあくむ

KADOKAWA

目次

『ある男の手記』

俺はこんな平日の真昼間から机に突っ伏して、全く何をしてるんだろう。
困った、〆切は刻一刻とせまっている。
先方にも迷惑はかけたくない。
しかし、どうにもキーボードを叩く指はリズムを刻むわけでもなく、
キーボードにプリントされているアルファベットの文字を撫でるばかりで。
一進一退。二歩進んでも三歩下がっており進むどころか後退ばかりを繰り返している。
唯一小気味よく音が鳴るキーがbackspaceばかりというのも情けない話だ。
そんななか、タイミングが良いのか悪いのか少し前に仕事でお世話になった、

編集の佐竹さんから依頼の相談があると居酒屋に呼び出された。

生粋のホラーオタクで話が長く、一度彼女の——所謂、ゾーンに入ると止まらないので正直迷ったが、前回飲みに行った際も割と良いアイデアをくれたので一度会ってみることにした。

アルバイト募集１

場所：ご自宅でかまいません
日時：リスト受理後3日以内
支給：15万円
持ち物：ご自身の携帯電話

【業務内容】

こちらで指定した電話番号に電話をかけていただき、留守電をいれていただく簡単なお仕事です♪

電話番号のリストですがアルバイト申し込み後、ご自宅に送付させていただきます。


【注意事項】

電話番号ということで、個人情報となります。

そのため厳重にお手元で保管いただくようお願いします。

留守電にいれていただくメッセージですが「ほんとうにしんでいますか」で必ずお願いします。

万が一、折り返し電話がきてしまった場合は不在のまま取らず、全ての業務を放棄していただいて問題ございません。

ですが、折り返しがあった場合のみこちらでは一切の責任を負いかねますのでご容赦ご了承のほどお願いします。

※電話確認先のリストはすべて故人様のものとなります。
※個人情報の詮索についてはお答えしかねますのでご了承ください。

12月1日

変な求人を見つけたんです。

夜、いつも通り寝つけなくてスマホをいじってたら、なんかめちゃくちゃバズってる投稿があって。

アルバイト募集みたいな、ほら見てくださいよ。

ちょっと不気味でしょ？

なんというか闇バイトみたいな（笑）

そんな匂いしません？

しかも、電話かけるだけで十五万って胡散臭いですよね。

「まぁ、どうせ受からないだろ」って遊び半分で自分の住所とか電話番号をＤＭで送って、応募してみたんですよ。

そうしたら、なんかマジで受かっちゃって。

あんなにバズってたのにすぐ既読ついて

「詳細送ります」って返信がきました。

ちゃんと見てるんだ、と思い直したのと逆に怪しいなとも思ったんですけど、

ぶっちゃけた話、奨学金やらギャンブルやらで結構借金してたもんで困ってて（笑）

電話番号リスト（個人情報）

1. 藤牧さん [redacted]-[redacted]-[redacted] 死因:老衰

2. 遠藤さん [redacted]-[redacted]-[redacted] 死因:心臓麻痺

3. 高橋さん [redacted]-[redacted]-[redacted] 死因:飛び降り

4. 恵さん [redacted]-[redacted]-[redacted] 死因:不明

5. さとるくん [redacted]-[redacted] 原因:むしとり

6. せいなちゃん [redacted]-[redacted] 原因:お風呂

7. 安藤さん [redacted]-[redacted]-[redacted] 原因:みずぶくれ

8. 瀬川さん [redacted]-[redacted]-[redacted] 原因:みずぶくれ

9. 多良間さん [redacted]-[redacted]-[redacted] 原因:みずぶくれ

10. 歯 [redacted]-[redacted]-[redacted] 原因:みずぶくれ

11. 出口さん [redacted]-[redacted]-[redacted] 原因:みずぶくれ

12. 菊池さん [redacted]-[redacted]-[redacted] 原因:孵化

13.金子さん [redacted]-[redacted]-[redacted] 原因:でんしゃ

親に相談したら一発で縁切られそうだし、
どうしようかなって思っていた所も正直あったので、
ある意味チャンスだなって、
やってみることにしたんです。

応募して二日後に例のリストが送られてきました。
とくに、何が嫌って、死因が意味わからなくて不気味だし、
確認の電話をするだけなら別にわざわざこんなの書か
なくてもいいじゃないですか、
さすがに怖くなってきちゃって。

だって、**死人**に**電話**をかけるって**事**じゃないですか。
しかも**電話**をかけるスマホが**用意**されるわけでもなく、
自分のスマホでかけろって、まぁ、そんなことはないと
思うんですけど。
呪われたらどうしようとか**考**えますよ（**笑**）
三日以内にすべてにかけてくださいって**書**いてるけど、
心の**準備**とか**考**えて**欲**しいですよね。
まぁ、**十五万円貰**えるなら**文句**ないけど。
というか**本当**に**載**ってるんですよ**電話番号**。

いや、当たり前なんですけど、驚きますよ。
どうやって集めたかも不明だし、
「さとるくん」「せいなちゃん」とか、
子供と思われる番号だけ桁数が違って
自宅の電話番号っぽいのもあるのが、
余計生々しくて気持ち悪かったです。

結局、なんだかんだで後ろ倒しになっちゃって、
電話をかけたのは二日後の事でした。
寝起きだったのですが、夜にやるということだけは避

けたかったので（笑）
冷蔵庫から**飲**むヨーグルトと、**菓子**パンを**見繕**って**貪**りながら、**放**っておいた**電話番号**のリストを**封筒**から**取**り**出**し、いよいよ**電話**をかけてみることにしたんです。

とはいえ、
自分のスマホからかけるのはやはり**戸惑**いましたね……

でも**時間**も**無**かったので、

一番目の**方**に**電話**をかけてみました。

プルルルル プルルルルルっていつもの**呼出音**なのに

なんか**緊張**して**（笑）**

マジで**繋**がるんだ。

出たらどうしようとか、

悪戯電話扱いされたらどうしようとか。

いろいろ**考**えたんですけど、**結局出**ることはなく。

「ほんとにしんでますか？」と**一言留守電**を**残**して、

二番目、**三番目**とかけていきました。

時折、オリジナルの着メロや、一昔流行ってた一発ギャグの着メロなんかが流れてきて、「懐かしいな」なんて思いながら、結局、なんの異常もなく、全ての番号に留守電を入れ終えました。

アルバイトの指定連絡先に電話すると、疑われる事もなく、給金のやり取りもスムーズに進んで。どうなるかと思いましたが、いやー、もう本当に良かったですよ（笑）

次の日でした。

いや、本当に最悪の目覚めでした。

朝起きて、スマホ見たら二件の通知が来てて。

最初は消費者金融からだろって思いながら確認したら、

それ留守電なんですよ。

さとるくん、せいなちゃんの電話番号からでした。

え、再生ですか？　一人ですよ？

無理に決まってるじゃないですか（笑）

さすがに怖くて、その日は聞けなかったんですけど、かと言って、なんか消す気にもなれず、いったんそのままにしておいたんです。
好奇心っていうか、良くないんですけどね。

次の日、ちょうど幼なじみの友達と三人で飲む予定があったので、アルバイトの話をしてみたんです。
そうしたら二人とも予想以上に食いついてくれて、さらに留守電が返ってきたなんて言ったらもう、酒が入ってるのもあってめちゃくちゃ盛り上がって。

怖さとかもどんどんなくなってきて、
居酒屋だとうるさくて**聞**こえないし、
家で**聞**いてみることにしたんです。
酒もかなり**回**っていたので、**留守電**しだいではかけ**直**
してみる？（**笑**）なんて**浮**かれながら、
一人目のさとるくんからの**留守電**の**再生聞**いたんです。

最初にスピーカーから**流**れてきたのは、
蝉の**鳴**き**声**でした。

真夏の森の中のような、そんな音でした。
それに紛れるように聞こえてきたのは、
荒い呼吸でした。
「これ男の子だよね」
次第に呼吸は不安定になって、
暫く経つと何も聞こえなくなってしまいました。
すると、ブツッと切り替わるかのように
次はノイズのような音が流れ始めたんです。
途切れたり、つまる音がしたり。
よくよく聞いてみるとそれ、啜り泣く声だったんです。

しかも、**一人**や**二人**とかじゃなくて、
子供の**泣**き**声**も**聞**こえれば、**老人**の**泣**き**声**も**聞**こえて、
十人くらいいるんじゃないかって**感**じで、
それがごちゃごちゃ**混**ざりあって、
ノイズのように**聞**こえてたんです。
聞いてる**友達二人**も**顔真**っ**青**にして、
さすがにやばいなって**思**って**止**めようとしたら、
ドンッて、かなり**重**たいドアが**閉**まるような**音**が**聞**こ
えたんです。
それと**同時**に、

さっきまで聞こえてた泣き声が消えたんです。

「え、なにこれ」
「ごめん、ちょっとこれやばいかも」
「泣き声とドアの音って……」
「火葬場だ」

一人がそう言ったんです、
「お前留守電で『ほんとにしんでますか?』って言ったんだろ?　答え合わせなんじゃないの?」

それ以上は聞く気になれなかったというか、
思い出したくないというか。
あの後結構滅入っちゃって、
仕事も休んで家に籠もってました。
振り込まれた十五万円も結局その間の生活費に溶けて、
災難でしたよ本当に。

地方特番「毎日探偵スクープ」
のボツになった
インタビュー記事より引用

>>>あの、幼なじみの?
はいそうです。木下と申します。
>>>本当に死んじゃったんですか?
まぁ、あの出来事の後暫く鬱みたいになってたのは知ってたので、心配でたまに家行ったり、食料差し入れたりはしてたんですけど、まさかですよ。
>>>すみませんね、死後間も無いのに。
いや、全然大丈夫です。
>>>さっき話して頂いた火葬場の留守電以外の留守電ってお聞きになりましたか?
はい、あの後怖くなっちゃって浴びるように三人で飲んで寝たんですけど、朝方目が覚めちゃって。

あいつスマホの動画流しっぱで寝てたんで、怖かったんですけど、もう朝だしって思って内緒でもう一件の留守電を聞いたんですよ。

せいなちゃんだったっけな、ブクブクって水の音がしたんです。

それと呻く声みたいな。気持ち悪くて咄嗟にやっぱり止めようって思ったんですけど、よく聞くとなんか言ってるんですよね。助けてとかじゃなくて。

いや、意識してたのかもしれないですけど……ほんとにしんでますよ。って言ってたんです、多分。いや、分からないですけどね。そうこうしてるうちにあいつ起きちゃって、聞けたって言ってもそれだけになっちゃいますけどね。

>>> なるほど

んで、そっから三ヶ月くらい経った日の夜遅くだったと思います。

あいつの一個前の携帯番号から着信がきたんですよ。え、珍しいなって思って。

>>> 出たんですか？

いや、それがちょうど職場の上司との飲み会中で、さすがにその時は出られなくて、落ち着いたタイミングでトイレ行ってスマホ確認したら留守電が入ってました。

騒がしい駅のホームの音でした。その中に埋もれるように、あいつの声で——

「ほんとうにしんでますよ」って。

もうそれ以上は聞く気になれなかったですよ。

それ聴いて、あいつ電車に轢かれたんだなって分かったんです。

なんであいつ電話かける時に気が付けなかったんでしょうね。

あいつ、親が離婚する前の旧姓が金子なんすよ。

こめかみ
@komekami1998

なんか闇金の取り立てリストって言われても納得できない？

例えば自殺専門の殺し屋みたいな所に依頼してそれが無事完了したか確認する為のバイトみたいな？映画の見過ぎ？ wwww

みりん
@marinnnnn_

バイトやったやつ借金あったんだろ？あいつも対象だったんじゃない？

みかん
@moon_cc

闇バイトだろうな、その上で発生したノイズみたいなもんだろ

マーガリン（炎上上等）
@scoop_jp

某慈善団体員逮捕、巫山戯半分でやった。エンタメ化したかった。

慈善団体員の[redacted]が町内会老人の安否確認の電話を闇バイトと称しインターネットに掲載、個人情報漏洩の罪で逮捕。

マーガリン（炎上上等）@scoop_jp

【裏バイト】慈善団体職員逮捕

[redacted]容疑者(38)

・慈善業務を裏バイトと称して
インターネットにて募集
・個人情報漏洩により多額の損害賠償
・ここまで話題になると思わなかった
・さとるくんとせいなちゃんに関しては
リストに入れた覚えが無い

02:40
編集
留守番電話
非通知設定
202[redacted]
00:19
非通知設定
東京都
202[redacted]
00:26

アルバイト募集２

場所：ご自宅
日時：いつからでも可能です（実施は開始から７日間）
支給：日給２万円×７日
持ち物：ご自身のスマートフォン

【業務内容】

家出少女の保護です。

マツノエリ　という家出少女にご自身の取れる手段でコンタクトを取っていただき、７日間あなたのご自宅にて宿泊と保護をお願いします。


【注意事項】

彼女の顔のイメージです。

マツノエリは７日に分けてあなたの家に伺います。
ご理解のほど宜しくお願い致します。

人気ライターが集う媒体「おもしろコロシアム」にて掲載される予定だった記事

変なアルバイトに応募した話

こんにちは鮭弁当です！

最近は空気もジメジメしていてなんだか外に出る気にもなれないってことで……。

いや、まぁ万年インドア人間なんですけど。

今日も今日とて、いろいろネット記事を漁りまくってたんですよ。

それこそ、今流行りのなんとかミームの動画とか、ネタになりそうなのを探していたんですけど正直ピンとくるのがなくて。

しょうがないから息抜き程度にエッチなサイトでも観ようかな～って、いつもお世話になっているサイトに飛んで可愛い子を探してたんですけど……ほら、ああいうサイトのお決まりといえば、全男子を苦しめまくっているでお馴染みの動く広告じゃないですか。

その日も毎度の如く僕の指に付き纏ってくるそいつにうんざりしていた時、うっかりタップしちゃったんですよ。

クソ！　やられた！　なんて思って爆速でブラウザバックしようとしたんですけど、なんか面白そうなのが出てきて……。

それがこれです！

めちゃくちゃ気持ち悪くないですか？

家出少女の保護なんですよ！

いや、犯罪やんけ！　とか思いつつ、これの少し変な点を見つけたんです。

7日間に分けて少女が家に伺うって何？

仮に保護したとして、そこから7日間家に泊めるって話じゃないですか。

だから、伺うってのは1日目だけのはずだし。

まぁ、それを解明するのが私、鮭弁当の仕事という事で……今回も検証していきます！

応募しないわけがないんだから！

この記事いいな！　って思ったら拡散などよろしくお願いします！

応募してみた

募集のページに電話番号が記載されていたので早速電話をかけてみました。

さっきも言った通り。

家出少女を保護って年齢とかにもよるけど、ぶっちゃけ犯罪みたいなもんじゃないですか？

ボツにしちゃおうかな、とも正直思ったんですけど……。

今回はライター魂でやってやりますよ！

コール音の間、正直かなり緊張してたんですけど出たのは中年の男性でした。

応募したい旨と、電話番号や住所を伝えると――

「それではまつのえりさんをよろしくお願いします」

と、あっさり応募完了。

逆にあっさり過ぎてそれが怖かったまでありますね。

男性の話によると、まつのえりというXアカウントがあるので、そこにダイレクトメッセージでコンタクトを取り、ご自身のタイミングで保護を開始して下さい。とのことでした。

ここから楽しくなってきそう！　乞うご期待！

まつのえりを探す

さて、ここからは まつのえり 探しですよ！

もちろん名前を聞いたことはないし。

有名人でもない、共通の友達でもない人を探すっていうのは意外と難しいし。

バイト先の可愛い子のアカウントを見つけるのですら苦戦する僕なので、一発で出たら苦労しねぇよ 笑　なんて思いながらとりあえず まつのえり と検索タブに打ち込んで探してみたんです。

それがまさかの……あったんですよ！

ほらこれです。

自己紹介文が謎なんですがとにかく大進歩です！

とりあえずDMを送ってみました！

なんかノリ悪い？　いや、俺がグイグイいきすぎたのか。

まぁ、明日から来るってことでなんか緊張してきたな。

急いで部屋掃除編もやっちゃう？

追記

編集に聞いたらボツになりました。涙

マツノエリ

めをください

20[redacted]月からXを利用しています・0人のフォロワー

はじめまして、鮭弁当と申します。
アルバイト募集を見て応募させていただきました！

家出少女のえりさんで合ってますか？

はじめまして

まつのえりです

マツノエリ

家出少女のえりさんで合ってますか？

はじめまして、まつのえりです

ありがとうございます。
よろしくお願いします。
いつからいけますか？

いつでも大丈夫ですよ！笑

僕暇人なんで！　明日からとかどうですか？

えりさんは何歳なんですか？

マツノエリ

えりさんは何歳なんですか？

ありがとうございます。

それでは明日の正午にお願いしますね。
7日間よろしくお願いします。

1日目

最悪ですよ。いや、私が軽率にノリで応募したのが悪いんですけど。

正午になってチャイムが鳴ったので、緊張しながらインターホンを覗いたんです。

なんと、そこに立っていたのは中年の男性でした。

一瞬頭が真っ白になって、もしかしたら宅配とかかな？　って思ったその時……。

「まつのえりです」

中年の男性は笑顔でそう言ったんです。

応募の電話の時に聞いた声に似てる気がしました。

同伴で来ているのかな、と思いながら恐る恐るドアを開けると、そこに居たのはその男性1人でした。

「えりさんは？」という私の質問に被せるように、

「まつのえりをよろしくお願いします」と、ある物を渡してきました。

日本人形でした。

そのおじさん、唖然とする私を気にすることもなく——

「それでは明日も伺います」と、人形だけ残してすぐ帰って行ったんです。

「まつのえり」という女性を待っていたら中年男性が来て、日本人形だけを渡して帰る。

もう大混乱ですよ！

正直、その時はイタズラ以外のなにものにも考えられなくて。

ムカついたんで、直ぐにまつのえりのアカウントにDMを送ったんです。

返信はありませんでした。
日本人形は部屋に置いておくのも気持ち悪くて、物置部屋に置いておくことにしました。
いやー、これ毎日持ってくるとかないよね？
流石にイカれてるって 笑
正直結構怖いけど、この記事が跳ねたら俺も一流ライターなんで負けねぇぞ！　って事で、
とりあえず明日また報告します。
みんなおやすみ！

2日目

今日も正午にあのおじさんが来て日本人形を渡してきた。

イタズラですか？と聞いたが、

「違いますよ、明日も伺いますね」って言って、帰って行った。

まぁ、薄々察してはいたが……。

これが7日目まで毎日続くって事だよね？

あのおじさんからすれば、この人形がまつのえりって事だもんな。

本当にどういう事なんだ？

おいおい、やばいってみんな！

今ちょうど寝ようとしてスマホ見てたら、

監視されてる。

3日目

マツノエリ

みえない

新しいメッセージを作成

4日目

マツノエリ

くらい

新しいメッセージを作成

5日目

マツノエリ
ごはんくれてありがとう
新しいメッセージを作成

6日目

マツノエリ
おはなししてくれてありがとう
新しいメッセージを作成

7日目

みんなごめんなさい。ちょっと病んじゃってて……。

でもちょっとマシになった。

大丈夫、生きてるよ。全部終わったよ。給料もちゃんと貰えた。

あれからも毎日おじさんが来て日本人形を渡してきたんだ。

おじさん、日が経つにつれてすっごい嬉しそうに、にこにこしてさ。

俺も、もう終わるんだって嬉しくなっちゃって。

そういえば、あの後いろいろ考えたんだよ。

これ、じつは幽霊とかそんな怖い話じゃなくて。

日本人形に危ないクスリ？　みたいなのを埋め込む取引なんじゃないかって思って。

それならこの一見めちゃくちゃな現状にも納得がいくし、それに気が付かずに巻き込まれただけなのかもしれない。

場合によっては警察だな〜とか考えながらさ、日本人形を解剖したんだよね。

案の定なんか出てきたんだよ。

でもそれ、クスリとかじゃなくてなんかうす汚れた1枚の正方形の紙きれでさ。

なんだこれ？　って思いながら他の人形も全部解剖したんだよ。

そしたら、他の人形からも1枚ずつ出てきた。

紙には はな くち みぎみみ ひだりみみ ひだりめ あご おでこ って書いてあって。

裏返してみたら、それ全部なんかの写真をハサミで切ったみたいなんだよね。

パズルみたいに合わせてみると。

それ、マツノエリの写真なんだよ。

でも、右目の部分が1枚足りないんだよね。

いや、1枚どころじゃない。
この写真、下もあるに決まってる。
まだ全然足りない。
みぎあし　ひだりあし　みぎて
ひだりて

マツノエリはまだ完成してない。

あのおじさん最後に、
これで全部ですって言ってた。

8日目

アルバイト募集3

場所：[redacted]斎場（駐車場はBをご利用ください）
日時：7月26日　11：00～
支給：4万円
持ち物：喪服、数珠等

【業務内容】
マツイタカキ様の御葬儀に参加していただきます。
応募の際に招待状を同封しておきますので、そちらを使用して
ご入場ください。

【注意事項】
同じ参列している方々との会話を一切禁止します。
もし話しかけられても最低限の会話で終えるようにお願い致します。
万が一、名前を聞かれたり怪しまれたりした場合の対処として
男性は「知り合いの　タケウチユウタ」
女性は「知り合いの　セントウアケミ」
と、御名乗りください。
そしてなにより、葬儀参加中は演技でもいいので悲しんでください。

みんなのフリー情報サイト
「タウンｓＮＩＣＥ」
ライターの手記

半年前、いろいろあって、先日夫が亡くなったんです。

……いえ、全然関係ないと思うんですけどね。

そうそう、あれを見つけたのは二十代前半くらいだったと思います。私は二十歳で結婚して、すぐに子供も授かったので子育てが落ち着くまで就職せずに近所のスーパーでアルバイトをしていたんです。まぁ、産後というのもあって力仕事は出来なかったので、基本はレジと品出しばかりでしたね。

それに子供もまだまだ小さくて、託児所へのお迎えもあって、いつも晩御飯の買い出しもしてから十七時頃には上がっていました。

あの日も、いつも通り仕事をこなして帰ろうとした時でした。

同じパート仲間の●●さんから「ごめん！　屋上のカートだけ整理してきてもらってもいい？」って、お願いされちゃったんです。

え？　力仕事じゃないかって？　いえいえ笑
よくある事で、うちのスーパーは二階建てで屋上にも駐車場があって、商品を車に運ぶお客さんがカートをわざわざ一階まで戻さなくてもいいように屋上にもカート置き場があるんです。

しかも、屋上の駐車場の方が広いもんですからみんな大体そっちを使うので、主婦の買い物ピークあとの夕方になるとカートが二階に溜まっちゃうんですよ。

うちのスーパーは〝従業員はなるべく階段を使用する〟っていう暗黙のルールみたいなのがあったんですけど、その日はヘルプで急遽日曜日に入ることになっちゃって、子供も旦那に任せたり休日のお客さんの多さで朝からバタバタしたりで、かなりクタクタだったからこっそりエレベーターを使ったんです 笑

べつに使って怒られるわけじゃないですけど、働いている人のなかで一番若いのがその当時私だったのもあって、他の従業員に見られていないかを確認して乗ったんです。ね！　なんか悪いことしてるわけじゃないのにコソコソしちゃいますよね 笑

あ、話それちゃいましたね！　すみません。それで、公民

館とか地域密着型のスーパーによくあるみたいな、エレベーター内にかなりの量のチラシが貼ってあったんですよ。

高齢者が通うヨガスクールとか、少年スポーツチームの募集とか。まぁ、本当に地域密着タイプにありがちなよく見る手作りチラシですよね。

私もそういったチラシをついつい見ちゃうタイプだったし、うちのスーパーって少し建物が古いから、扉の開閉と二階のボタンを押して上の階に着くまでに少しラグがあるんです。なので、移動の間それらをぼんやり見てました。そしたら、その中で一つだけ変なのがあったんですよ。

葬儀場のアルバイトはある話かもしれないですけど、参列者としてのバイトなんて聞いた事がなかったので驚きました。しかも知らない人ですし、そのうえ悲しんでくださいなんて正直気持ち悪かったですよ。
でも、その内容よりも驚いたのがバイトの給料ですね。その時働いていたスーパーの時給が九百八十円だったので、「え、今の一ヶ月分じゃん」って思わずエレベーターの中で声出ちゃいましたからね 笑
さすがにイタズラかなって思いつつ、携帯で写真だけ撮って、駐車場のカートの片付けをさっさと終わらせてその日は帰宅しました。

いま考えたら本当に馬鹿だなって思うんですけど……当時はお金も本当にギリギリの生活で、夫婦ともにお互いの家族に頼れる状況でもなかったので私は友達と遊ぶなんてもっての外だし、欲しい服も買えずにいたんです。旦那だってよほど大切な会社の付き合いじゃないかぎりは飲みに行かなかったし、子供も市役所の一時預かりの託児所を利用していて、それもバイトのシフトと様子を見つつでしていたので本当にカツカツでした。

あ、旦那は優しい人でしたよ。休日でも子供の面倒を進んで見てくれていました、子供も可愛いです。ただ、周りの子は大学に通っていたり、飲み歩いていたりして自分は日々の暮らしに余裕がない。恥ずかしながら、そんな生活が窮屈に感じてしまっていたのかもしれません。ただ参加するだけってあるし、変な宗教っぽくもなかったんで一回だけならありかもって思っちゃったんです。夫に話すと止められるのは分かっていたので、もちろん内緒で。ヤバそうならすぐやめればいいし、ってそのまま興味本位で応募してみることにしたんです。

イタズラであって欲しかったです。バイトが休みの日に、写メったチラシの番号に電話してみたら、女の人がでました。

私の母親くらいかな？　少し年齢が上の方っぽかったで

すね。

バイトの応募のことを伝えるとすっごく嬉しそうにされていて、そんなに参列者がいなくて困っていたのかなって逆に心配になるほどでしたね。

招待状を発送するからうちの住所を聞かれて、そのまま私も伝えちゃって、特になにか年齢や詳細とか注意事項も確認されることなく、とにかく「ありがとうございます」って言われちゃって……。

はい、そうなんですよ。本当にお礼を終始言われるくらい喜ばれてて、お金目的で参加するのになって、なんとも言えない気持ちになりましたよ。

葬儀参列のご招待状

この度はアルバイトの応募をしていただきありがとうございます。

参列にあたって、日時・持ち物のご確認と業務内容を充分にご確認いただくようお願い致します。

当日、ご参加いただけない場合は事前にご連絡ください。その場合は業務未達成として給金はお支払いできないことをご了承ください。

記

場所：[redacted]斎場（駐車場はBをご利用ください）
日時：7月26日　11：00～
支給：4万円　（指定口座に後日お振込みさせていただきます）
持ち物：喪服、数珠など

【業務内容】
マツイタカキ様の御葬儀に参加していただきます。
参列にあたっての《注意》がございますので以下の内容をご確認ください。

【注意事項】
同じ参列している方々との会話を一切禁止します。
もし、話しかけられても最低限の会話で終えるようにお願いします。
万が一、名前を聞かれたり、怪しまれた場合の対処として
男性は「知り合いの　タケウチユウタ」
女性は「知り合いの　セントウアケミ」
と、名乗っていただくようお願いします。
最後に、葬儀参加中は演技でもいいので悲しんでください。

以上

連絡先：[redacted]－[redacted]－[redacted]
代表者：[redacted]

数日後招待状が届きました。

と言っても、葬儀に招待状というものは存在しないので、アルバイト専用の入場許可証みたいな感じの紙ペラなんですけどね。それには会場と住所、日付と用紙の宛名欄にセントウアケミとカタカナで記入してありました。

まぁ、怪しいバイトに本名で参加するよりはマシだったので、個人情報への配慮なのかなと思ったり……逆に助かったみたいなところはあるんですけどね。

というか、何よりイタズラだと思っていた葬儀参列のアルバイトが実際に存在するというのがまず驚きでしたよ。そもそも倫理的に大丈夫なのかって話ですし、それを良しとしても、このマツイタカキって誰なのかが分からないですし。葬式って人が来れば来るほど盛り上がるとかそういうものでもないじゃないですか。

まぁ会場名もよく聞く葬儀場だったので、さして深く考えずに友達からスーツを借りて、数珠は安いのを見繕ったりしながら当日を迎えました。


当日、朝から子供がぐずっちゃって集合時間ギリギリで会場に到着して、そのまま覚束無い足取りで受付に向かうと、それを察したのか喪主であろう四十代くらいの男性が小走りでこちらに向かってきました。

周りに聞こえないような小声で「アルバイトの方です

か？」って聞かれたので、私が頷くと「本日はありがとうございます。お香典は大丈夫ですから、こちらへどうぞ。他の親族の方との接触や会話は極力避けるようお願いします」と、奥の待合所のような場所に案内してくれました。

部屋には既に二十人くらいの親族と思われる人達が居て、なかには小学校低学年くらいの子供も何人か居ました。「大きくなったねぇ」「タカキがまさかねぇ」と葬儀といえばというような故人の話や、親戚同士の近況話で盛り上がっている様子でした。

なんというか、葬儀に参加経験がない私からすると葬儀といえばこれだよなというか……まぁ、こんなのを想像するよね。みたいなやり取りでした。

親族の何人かが私の存在に気が付き会釈をしてきたので、私も会釈で返したりしてどうにかやり過ごしていると、先程の喪主の男性が「それでは準備が整ったので、まもなく始めさせていただきます」と私たちを式場へと案内してくれました。

前列の席に親族、そして後列に子供達、そして一番後ろに私という並びで式が始まりました。

そこで私は初めて、遺影ではありますが、マツイタカキを目の当たりにしました。

遠くからなのでよく見えませんでしたが、二十代後半くらいの爽やかな男性でした。

思ったより若かったので理由はなんであれ、気の毒だな。なんて思いながらも式は順調に進み、喪主の男性が「よろしければ皆様前に来ていただいてお別れの言葉を」と、遺族が次々と一人ずつ遺影に向かって「ありがとう」「天国でも元気でね」など言葉をかけていきました。

すると喪主の男性が私のところまで来て、耳元で「すみません、一応やって貰ってもいいですか」と言うものですから、私も前に出て当たり障りのない言葉をかけたと同時に、変な事に気が付いたんです。

最初はかなり離れた所に座っていたので気が付かなかったんですけど、遺影がちぐはぐなんですよ。なんというか、場所は合ってるけどすべてハマりきってないパズルみたいな?

言葉で伝えるのは難しいんですけど、本当にそんな感じなんです。

よくよく見てみると一度バラバラに切り刻んだか、破いた遺影をテープで貼り付けてるんですよ。


本当に直感なんですけど、その時「あ、この人存在してないんだ」って思ったんです。

いや、そりゃ葬式だから存在も何もないんですけど、言い方を変えるなら実在してないなって思ったんです。

何か確証がある訳でもないし、怖いとかそういうのでもなかったんですけど、その時はただただここに居たくないって思ったんです。

「すみません、御手洗行ってきます」って足早に式場を出ようとした時、物凄い力で腕を掴まれたんです。驚いて振り返るとそれは喪主の男性でした。

「ぜんぶくっつけたらほんとにいるみたいになるじゃん」

と――

菓子折が入った袋のような物を押し付けられました。もう頭の中が真っ白になって鮮明には覚えてないんですけど、これを受け取らないと帰れないんだって咄嗟にそれを受け取ってその場から逃げたんだと思います。

あの時、喪主の男性越しに見えた親族達は「かわいそうに」「またサッカーしようね」「なんで私達より先に」「みんな忘れないよ」と私達二人には敢えて触れないかのようにあの遺影に言葉をかけ続けていました。

もう、とにかく走って、百メートルくらい走った所でようやく後ろを振り返ると、外に出ていた喪主の男性が悲しそうな顔でこちらを見つめていました。

よくよく考えると、最初から全部変だったんですよ。

なんというか、ぎこちない感じがしたんです。あの時の事を思い返してみると、一貫して私だけじゃなくて全員が マツイタカキ に対して当たり障りのない言葉しかかけていなかった気がしました。それが私には、実在していないマツイタカキの葬式を成り立たせるための演技に見えたんです。

いま思えばあの空間には **マツイタカキ** もその親族も誰一人いなかったんじゃないかなって。

存在しない人間の葬式が行われている。

その理由もそれが何を齎すかも、私には知る由もありません。人は生まれ死んでゆく、その中には必ず葬式という儀式が伴う。私の勝手な考えに過ぎないんですが、彼らはその存在しない葬儀を行う事でなんらかの調和を保っているのではないでしょうか。


あ、私があの時喪主から受け取った菓子折にこんなのがあったんですよ。
やっぱりって感じでしたけど。

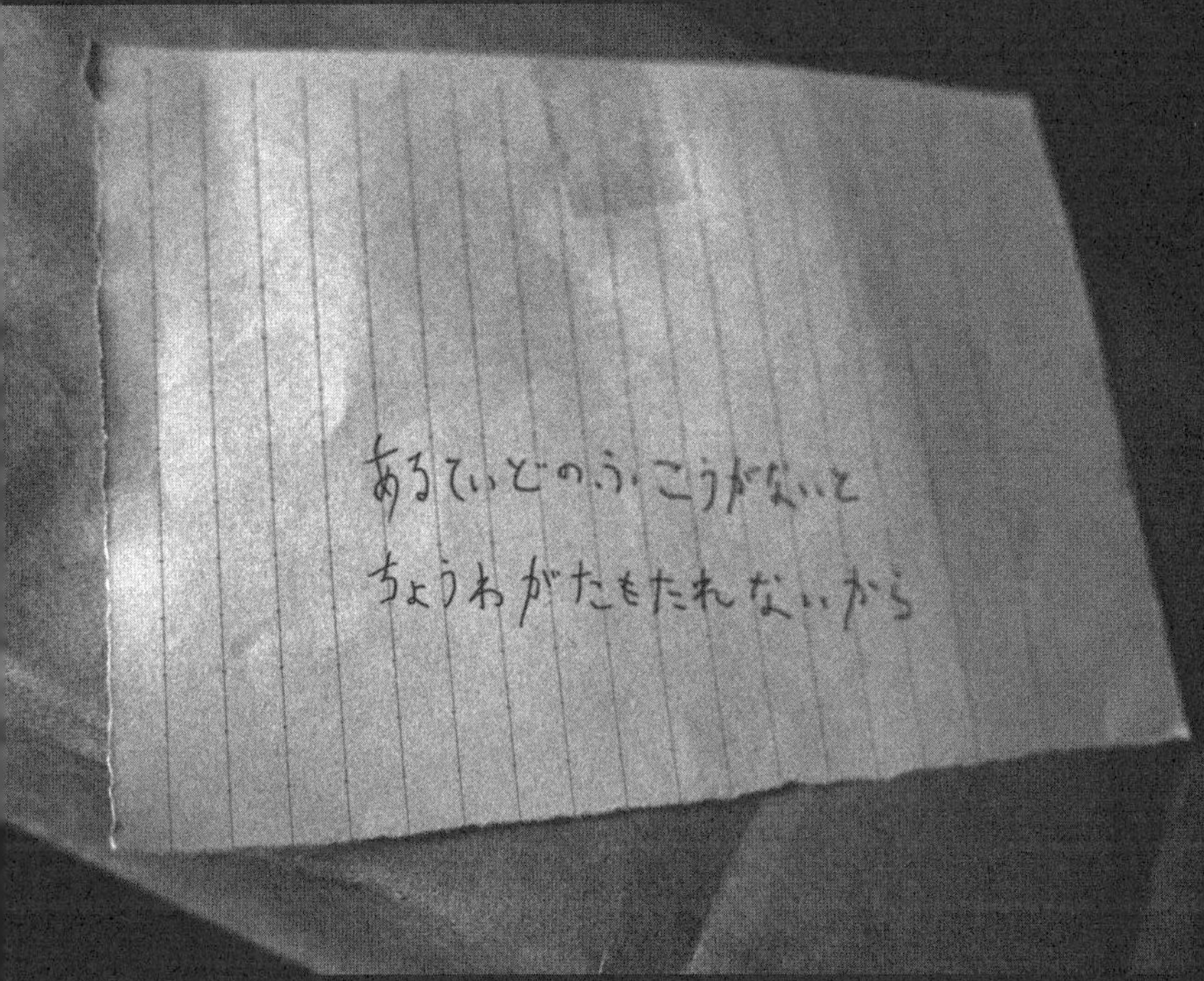
あるていどのふこうがないと
ちょうわがたもたれないから

本当にごめんなさい

【業務内容】
息子の運動会のビデオを見てください。
この前親戚で集まる機会があって、昔撮った息子の運動会の映像を見たんです。
おかしいんですよ、もう必要なくなったのであなたが受け取って下さい。
そして成る可く多くの人にそれを見せてください。
拡散をお願い致します。
この紙の裏に封筒が貼ってあります。その中に5万円入れさせて頂きました。
受け取ってください。

【注意事項】
くろくなります　くろくなります　くろくなります　くろくなります

謎のバイト見つけたw「支給5万円、息子の運動会のビデオを見てください」

1:楽して一獲千金狙いたい民　投稿日:20××/05/●●
なんかポストにこのチラシとビデオが入ってた
怖いしせっかくだから少しでも紛らわせようかなって

画像2

2:楽して一獲千金狙いたい民
注意事項が気持ち悪い

3:楽して一獲千金狙いたい民
釣り

4:楽して一獲千金狙いたい民
釣り

5:楽して一獲千金狙いたい民
5万円いいな〜ラッキーじゃん

6:楽して一獲千金狙いたい民
つり

7:楽して一獲千金狙いたい民
観ないで捨てろよ気味悪い

8:楽して一獲千金狙いたい民
てかちゃんと説明しろよ

9:楽して一獲千金狙いたい民
GWにかすみてぇなつりやめろよ暇かよ

10:楽して一獲千金狙いたい民
過疎過ぎて話になってないね残念でした〜

11:楽して一獲千金狙いたい民
夜勤明け6時くらいに家帰ってきて、寝ようとしたらポストから音して見たらこれ入ってて心臓バクバクよ！
まぁ、言う通り観ないで捨てればいいんだけど好奇心という人の本能には抗えないZe
そんで友達がビデオデッキ持ってるらしい、これから一緒に観ようって感じ、決してつりじゃない安心しろ

12:楽して一獲千金狙いたい民
はい嘘松

13:楽して一獲千金狙いたい民
嘘乙

14:楽して一獲千金狙いたい民
AVだろwww

15:楽して一獲千金狙いたい民
いまどきVHSてw

16:楽して一獲千金狙いたい民
おい、仮に本当だったら観ない方がいいんじゃないの？
そもそもに息子の運動会の映像を見ず知らずの人に見て欲しいって金払って応募かけてるってさ、なんか呪いのビデオ臭しね？

17:楽して一獲千金狙いたい民

えぐw

18:楽して一獲千金狙いたい民
説教お兄さん湧いてら

19:楽して一獲千金狙いたい民
主焦ってんの？日本語おかしいよ

20:楽して一獲千金狙いたい民
もしかしたらAVかもしれん！夢を折るな！

21:楽して一獲千金狙いたい民
つり

22:楽して一獲千金狙いたい民
みるな

23:楽して一獲千金狙いたい民
みせるな

24:楽して一獲千金狙いたい民
洒落怖ネタやろ

25:楽して一獲千金狙いたい民
いつみるの？いまでしょ！(｡-`ω-)

26:楽して一獲千金狙いたい民
まぁ、下手したら息子がやべぇほうの意味にかかってるかもしれんしな
だったらいろんな意味でメンタル削られる呪いのビデオ

27:楽して一獲千金狙いたい民
ヤバすぎwwww

28:楽して一獲千金狙いたい民
まてまて一旦状況整理する、まず主が朝仕事から帰ってき

たらポストにこのチラシとビデオと5万円が入ってた。書いてる内容によるとその送り主は親戚の集まりで懐かしいね〜とか言いながら息子の運動会のビデオを引っ張り出して再生した、そこできっと違うものが映った又は何かが起こった。ここら辺から送り主はイッちゃってる感じだよな、そしてこのスレ主にそのビデオを送り付けた。こんな感じだろうな

29:楽して一獲千金狙いたい民
＞28　今来たから助かる

30:楽して一獲千金狙いたい民
バカらし

31:楽して一獲千金狙いたい民
解散マジでアホくさい

32:楽して一獲千金狙いたい民
まぁ、きっとそんな感じだろうな

33:楽して一獲千金狙いたい民
呪いのビデオ再来？

34:楽して一獲千金狙いたい民
ヤラセ感満載すぎる乙

35:楽して一獲千金狙いたい民
つり

36:楽して一獲千金狙いたい民
嘘乙w(*´∀`*)w

37:楽して一獲千金狙いたい民
おまいらエンタメも楽しめねぇのか

38:楽して一獲千金狙いたい民

みせないで

39:楽して一獲千金狙いたい民
>28　まとめありがとう。

40:楽して一獲千金狙いたい民
さっきからいる みるな とか言ってる奴はなんなん？

41:楽して一獲千金狙いたい民
しらんサクラだろどうせ

42:楽して一獲千金狙いたい民
ガチ系の家族愛爆発ビデオかもしれんし見守ろーや
気になるし

43:楽して一獲千金狙いたい民
くろくなる

44:楽して一獲千金狙いたい民
一応友達到着

45:楽して一獲千金狙いたい民
>44　おー！期待値上昇↑↑

46:楽して一獲千金狙いたい民
（∩´∀｀）∩マッテマシター！

47:楽して一獲千金狙いたい民
マジでやめた方がいんでねーか

48:楽して一獲千金狙いたい民
別に主がどうなろうが知らんけど釣りだとしてもようでき
てるし完走たのまい

49:楽して一獲千金狙いたい民
>48　それな

50:楽して一獲千金狙いたい民
とりま内容は気になるところレポよろ

51:楽して一獲千金狙いたい民
みんなありがとう、今友達が再生の準備してるけどとりあえず見れなかったみたいなつまらんことにはならなそ

52:楽して一獲千金狙いたい民
それオチかと思ってたw

53:楽して一獲千金狙いたい民
流せませんでした(*^^*)バイビー

54:楽して一獲千金狙いたい民
運動会のビデオ俺も見てぇ普通に懐かしいよな

55:楽して一獲千金狙いたい民
>54　わかりみ。甘酸っぱい感じする

56:楽して一獲千金狙いたい民
wkwk

57:楽して一獲千金狙いたい民
ホッコリすんなし

58:楽して一獲千金狙いたい民
はよ再生

59:楽して一獲千金狙いたい民
はよ

60:楽して一獲千金狙いたい民
飛んだ？

61:楽して一獲千金狙いたい民
おい主

62:楽して一獲千金狙いたい民
襲われたwww？

63:楽して一獲千金狙いたい民
つり乙

64:楽して一獲千金狙いたい民
おーい！

65:楽して一獲千金狙いたい民
ごめん。配線てまどった
準備完了、再生する

66:楽して一獲千金狙いたい民
お

67:楽して一獲千金狙いたい民
どうだどうだ！？

68:楽して一獲千金狙いたい民
あまりの懐かしさに主涙www？

69:楽して一獲千金狙いたい民
いけいけ

70:楽して一獲千金狙いたい民
あーあ

71:楽して一獲千金狙いたい民
みないで

72:楽して一獲千金狙いたい民
なんなのこいつさっきから

73:楽して一獲千金狙いたい民
え

74：楽して一獲千金狙いたい民
間違ったかな

75：楽して一獲千金狙いたい民
なんだなんだ

76：楽して一獲千金狙いたい民
お、流せなかったオチですか？ www

77：楽して一獲千金狙いたい民
にげんなよ

78：楽して一獲千金狙いたい民
とりまレポ！

79：楽して一獲千金狙いたい民
みないで

80：楽して一獲千金狙いたい民
いや合ってるな、なかみは運動会じゃないんだけど

81：楽して一獲千金狙いたい民
うわお

82：楽して一獲千金狙いたい民
ｷﾀ━━(ﾟ∀ﾟ)━━!!

83：楽して一獲千金狙いたい民
え？何？はよ

84：楽して一獲千金狙いたい民
はよ上京説明せ

85：楽して一獲千金狙いたい民
なんか薄暗い部屋が映ってる

86:楽して一獲千金狙いたい民
運動会どこいったwww

87:楽して一獲千金狙いたい民
AVか！？ wkwkが止まらないぜ！！

88:楽して一獲千金狙いたい民
中身違うとかやべぇやんマジでやめたら？

89:楽して一獲千金狙いたい民
みないでみないでみないで

90:楽して一獲千金狙いたい民
みないでくろくなる

91:楽して一獲千金狙いたい民
ま？

92:楽して一獲千金狙いたい民
ガチ？やばくね？

93:楽して一獲千金狙いたい民
なんか変な投稿増えてんな、ガチやばいやつじゃね？

94:楽して一獲千金狙いたい民
わかんねーじゃん実況はよ

95:楽して一獲千金狙いたい民
おいもう止めろ主！

96:楽して一獲千金狙いたい民
なにこれまじなん？

97:楽して一獲千金狙いたい民
風呂はいってたなんかやばそうやん

98:楽して一獲千金狙いたい民
スレのびしてんね　なになに？

99:楽して一獲千金狙いたい民
自演乙

100:楽して一獲千金狙いたい民
家具とかは無くてただの部屋
男の人が入って来て何かブツブツ言ってる

101:楽して一獲千金狙いたい民
もうやめよ

102:楽して一獲千金狙いたい民
止めろよやばいって

103:楽して一獲千金狙いたい民
マジでもう消せよ

104:楽して一獲千金狙いたい民
みないで

105:楽して一獲千金狙いたい民
いいゾーンもっとやれ

106:楽して一獲千金狙いたい民
なに？どゆこと詳しく

107:楽して一獲千金狙いたい民
わかんね　動画か写メ共有希望

108:楽して一獲千金狙いたい民
みるな

109:楽して一獲千金狙いたい民
おい主

110：楽して一獲千金狙いたい民
なんて言ってるか分からないけど、大きめの盛り塩を置いて出てった

111：楽して一獲千金狙いたい民
あー、主もうダメな感じ？演技？ www

112：楽して一獲千金狙いたい民
演技パート入ったぞ！

113：楽して一獲千金狙いたい民
おいこのスレだれか落とせ気持ち悪い

114：楽して一獲千金狙いたい民
やらせとけよ

115：楽して一獲千金狙いたい民
見てください

116：楽して一獲千金狙いたい民
てか写真とか証拠くれメンス

117：楽して一獲千金狙いたい民
確かに

118：楽して一獲千金狙いたい民
映像、切り替わった

119：楽して一獲千金狙いたい民
ずっとこれ繰り返してる

120：楽して一獲千金狙いたい民
いいから証拠だせ

121：楽して一獲千金狙いたい民
おい主も友達も大丈夫か

122:楽して一獲千金狙いたい民
最悪マジでヤバかったら住所書け　だれか助けにいけ

123:楽して一獲千金狙いたい民
あ　何言ってるか分かった

124:楽して一獲千金狙いたい民
ブツブツ？

125:楽して一獲千金狙いたい民
なんだ？なんだ？

126:楽して一獲千金狙いたい民
男の人がってことか

127:楽して一獲千金狙いたい民
このままだとしおがくろくなっちゃうおまえだけじゃたりないくろくなったらこのへやじゃもうだめになっちゃうおおきくなっちゃうおまえらがしおのかわりにくろくならないと

くろくならないとくろくならないとくろくならないとくろ
くならないとくろくならないとくろくならないとくろくな
らないとくろくならないとくろくならないとくろくならな
いとくろくならないとくろくならないとくろくならないと
くろくならないとくろくならないとくろくならないとくろ
くならないとくろくならないとくろくならないとくろくな
らないとくろくならないとくろくならないとくろくならな
いとくろくならないとくろくならないとくろくならないと
くろくならないとくろくならないとくろくならないとくろ
くならないとくろくならないとくろくならないとくろくな
らないとくろくならないとくろくならないとくろくならな
いとくろくならないとくろくならないとくろくならないと
くろくならないとくろくならないと

128:楽して一獲千金狙いたい民
https://youtu.be/sxb7CVGJFjc?si=puc-mNNceg6gJTIH

129:楽して一獲千金狙いたい民
おもんな

130:楽して一獲千金狙いたい民
代わりにくろくなりました

131:楽して一獲千金狙いたい民
代わりにくろくなりました

132:楽して一獲千金狙いたい民
代わりにくろくなりました

133:楽して一獲千金狙いたい民
代わりにくろくなりました

134:楽して一獲千金狙いたい民
代わりにくろくなりました

135:楽して一獲千金狙いたい民

盛り塩にとっての盛り塩だったってことかー動画見た人ドンマイだね

136:楽して一獲千金狙いたい民
代わりにくろくなりました

137:楽して一獲千金狙いたい民
代わりにくろくなりました

138:楽して一獲千金狙いたい民
代わりにくろくなりました

139:楽して一獲千金狙いたい民
代わりにくろくなりました

140:楽して一獲千金狙いたい民
代わりにくろくなりました

141:楽して一獲千金狙いたい民
代わりにくろくなりました

142:楽して一獲千金狙いたい民
代わりにくろくなりました

143:楽して一獲千金狙いたい民
代わりにくろくなりました

アルバイト募集5

場所：[redacted]橋付近
日時：２２：００～２６：００まで
支給：時給３０００円
持ち物：自由です。こちらでお渡しする物がございます。

【業務内容】

[redacted]橋では近年飛び降り自殺が非常に多くなっているため、
それを止めていただくお仕事です。

自殺を考えられてる方は精神的に疲弊している方が多いです。

そのため、温かいお茶とおにぎりとポケットティッシュが入った袋を当日お渡ししますので、飛び降りようとしている方がいた場合は必ず渡すようお願い致します。


【注意事項】

私たちもあなたも誰も悪くないです。

この話は大門ユウキさんが
なぜ死んだかを
知る事ができます！！！！！！！！！！！！！！

----

①

【嘗て一昔前ブームだった闇バイトや変わったバイトなどの情報を共有する掲示板に投稿されていたもの】


あのアルバイトと出会ったのは、たしか半年前くらいだったと思います。

当時バイトをしていたコンビニの夜勤を終え、家に帰りシャワーをあびて寝ようとした時、
リビングのテーブルの上に置いてある回覧板に目がいったんです。

母親の回し忘れでした。まぁ、ほっといて寝ても良かったんですけどお隣さんがそういうのに厳しくて、後々面倒臭い事になっても困るので渋々自分が持って行こうと思いました。

眠いし、シャワーも浴びたばかりだったので正直「夜勤明けに勘弁してくれよ」と悪態をついたのは覚えてますね。

それで、回覧板を手に取った時に「そういえば子供の頃はよく何が書いてあるのかなってペラペラめくったりしてたな～」なんて思い出が蘇ったんですよ。

たまにありませんか？　こういうの。

なんというか、日常の何気ない流れのなかにある事柄について懐かしんでしまったり、深く考え過ぎて足止め食らうみたいな？（笑）　自分、気にしいなんで……。

まぁ、そんなこんなで回覧板をめくるとそこには地元の花火大会の案内、カラオケサークルなどの案内と意外と子供の頃から変わっていない中身に謎に安心して最後のページをめくったんです。

眠気なんて吹っ飛びましたよ。
自殺者を引き止めるバイトなんて聞いた事がないし、何よりこのチラシが私の家まで辿り着いた事自体変なんですよ。普通はここに至るまでに誰かが気味悪がって捨てるか、内容が内容なんですから子供がいる家庭やそういったことに不快に思う人が町内会に申し出るかするじゃないですか。まぁ言ったらキリがないんですけどね。
でもなんというか……闇バイトと言い切るには少し違うのかなって思ったりしちゃって。ある意味人助けだし、時給も良いし。田舎のコンビニ夜勤にも嫌気が差してたので、興味本位でとりあえず電話だけしてみることにしたんです。

記載された番号にかけてみると、出たのは優しそうなおじさんでした。

こういうやばそうなものは、怖いお兄さんとかがやるのが鉄板だと思っていたので少し驚きましたね。

「電話してくれてありがとねぇ、みんなみんな大切な命だからさぁ」

と、声からしても寄り添う感じというか、かなり情熱的で。怪しんだ事が申し訳なくなるくらいの良い方で、そのままの流れで応募しちゃったんです。

応募するとおじさんもすごく喜んでくれて、とりあえずいつから来られるのかとか、待ち合わせ場所とか簡単な説明を聞いて電話を切りました。


アルバイト初日、勤務場所になる橋は家から原付で30分くらいの場所にありました。

まぁ、都心から少し離れた【The自殺名所】みたいな人通りも少なく、下には大きな川が流れる橋でした。

到着すると、橋のたもとに一人のおじさんが居ました。

おじさんが「ああ！来たね」と嬉しそうに言って自分の傍に来たので、電話先の声の主のおじさんなのだとわかりました。

特に仕事について詳細な説明もなく、「チラシのとおりだから」っておじさんはおにぎりなどが入ったビニール袋と4時間分の給料袋を手渡してきて、「それじゃあよろしくね」とそのまま帰っていきました。


自殺者を止めるといっても頻度的にそんなに来るわけもないじゃないですか？

正直やる事も特になかったので、橋の真ん中でタバコを吸ったり地面に座り込んで買ってきたコンビニのスナック菓子を食べながら携帯をいじったりして時間潰してましたね。

2時間くらい経った頃だったと思います。

日付が変わったぐらいに1台の軽が橋の手前に止まったんですよ。

こんな夜中に、山の中にある橋で車なんて殆ど来ないから明らかに目立ちますよね。

エンジンを消して降りて来たのは20代くらいの女性1人でした。明らかに薄着で顔色も悪いその女性を見て——アルバイトがアルバイトだから先入観もあったと思うんですけど、「あぁ死ぬな」って思ったんです。

しかし、実際はそうじゃなかったらめちゃくちゃ恥ずかしいっていうのもあって、少し躊躇したんですけど思い切って女性の下に駆け寄って話しかけたんです。

「すみません、大丈夫ですか。……もしかして」

話しかけられて女性は一瞬ビックリしていました。


【この話は大門ユウキさんがなぜ死んだかを知る事ができます！！！！！！！！！！】

自分が居るのに気が付かなかったんでしょうね。

女性は自分の質問に静かに頷き、少し戸惑った様子でした。

そこでおじさんから貰った袋を渡したんです。

「これ、おにぎりと温かいお茶です、良かったら」

そう言うと女性は糸が切れたかのように その場に蹲り泣き崩れたんです。


女性が落ち着いてから少し話を聞いてみると、恋人とのトラブルで死のうと思っていたみたいで私がいなかったら間違いなく今日飛び降りてたって何度も何度も感謝されて、なんか嬉しかったっていうか人の命を救えたんだって感動しちゃって。

次の日、すぐにコンビニも辞めて週四くらいでこのバイトをするようになったんです。

半年経つ今日で20人目、良い事するって気持ちいいですね。

こんなバイトもあるんですね。

②

「[redacted]管理事務所を告発します」

という名前でX上に突如現れ不気味と話題になったアカウントのツイートより抜粋

朝ネットニュースを見た。飛び降り自殺、なんで
知ってる顔だった。救えなかった。

まさかと思い、調べてみたらまた自殺してた
あの時助けたのに

またた

この人も死んでる

なんで

③

亡くなった大門ユウキさんの部屋から見つかったもの

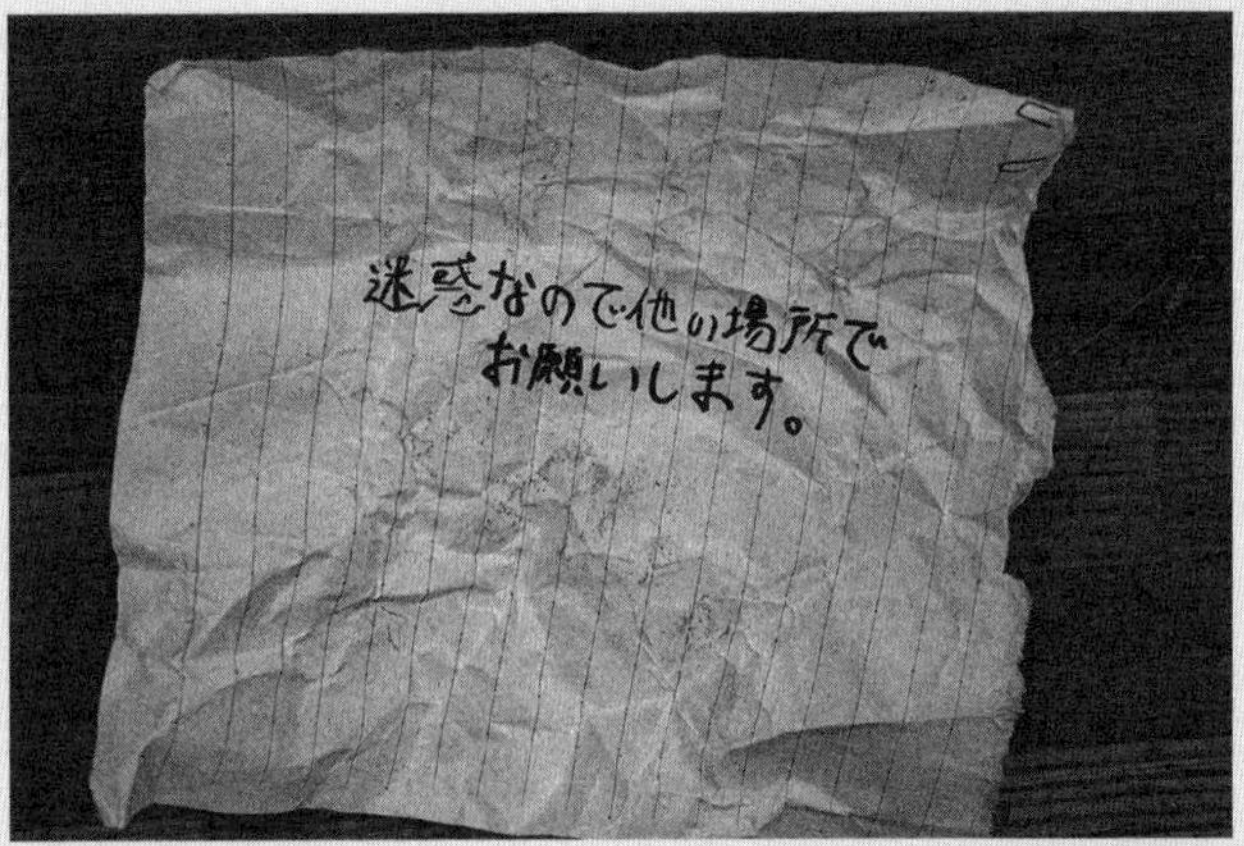

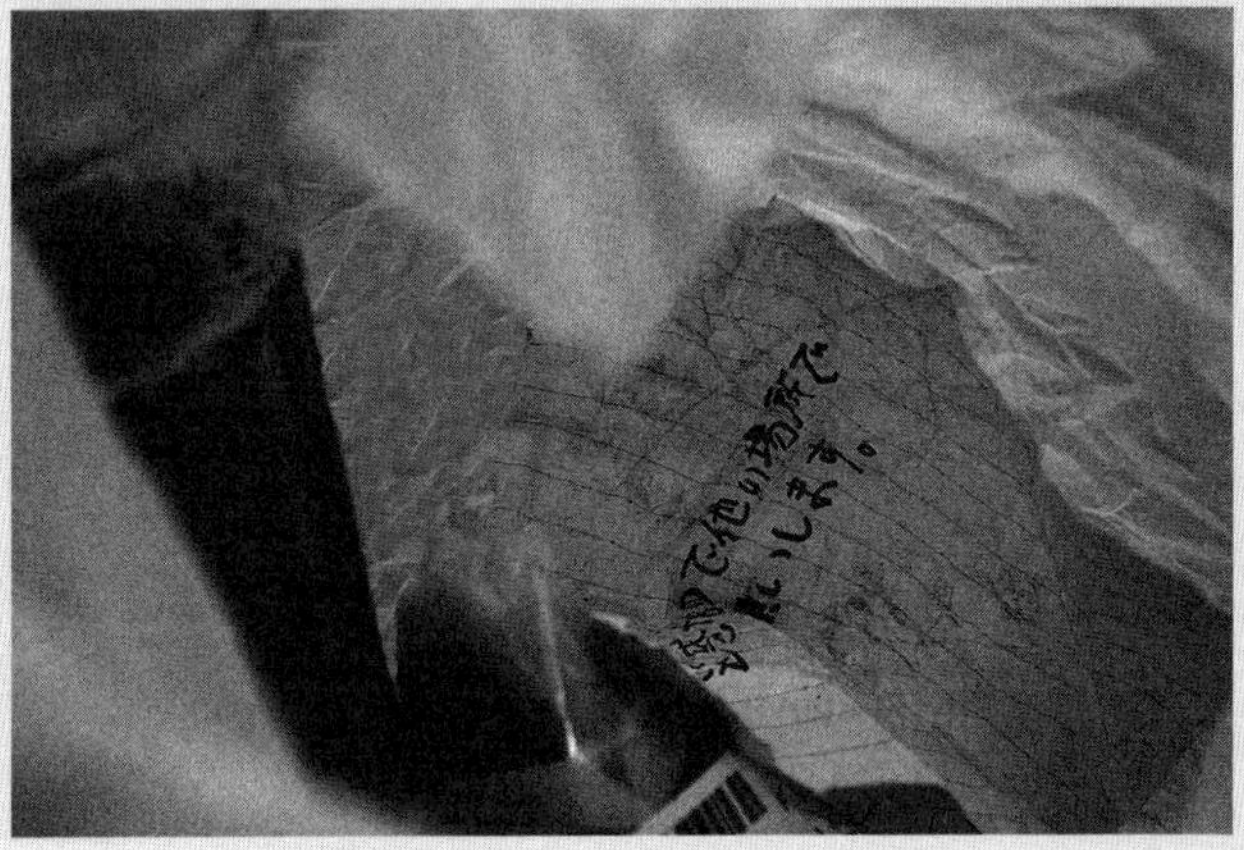

④

「[redacted]管理事務所を告発します」
という名前のX上に突如現れ不気味と話題になったアカウントのツイートより抜粋

今バイトの電話番号を調べたら[redacted]管理事務所って出てきた

最初はよく分からなかったけど調べたら
あの橋を管理してる事務所だった

私は気が付かないまま渡しつづけていた

人助けが人殺しになった

[redacted]管理事務所は人殺し

[redacted]管理事務所は人殺し

[redacted]管理事務所は人殺し

だから

私

あの橋から落ちて死のうと思います（笑）（笑）

アルバイト募集６

場所：応募完了次第お伝えします。

日時：毎日（3ヶ月間）

（体調不良等の場合は必ず代役を立ててください）

支給：日給1万円

持ち物：花、飲み物等

【業務内容】

指定された場所に毎日お花と飲み物をお供えするのみの簡単な業務になります♪

お供え物を購入した際、領収書は必ず取っておいて下さい！

【注意事項】

お供えをする時間は必ず深夜１時から２時迄でお願い致します。

指定する場所にはなんのいわくもないので安心してください。

詮索は御控え願います。

私、今となっては会社の一端を担う営業マンです（笑）
じつは昔は売れない芸人をやってまして、一応養成所みたいな所も通って相方とコンビで活動してたんですけど。でも人生、そう上手くもいかないし、漫才してる時間よりもアルバイトしてる時間の方が長いみたいな？（笑）
そんで金もないから、相方と二人でボロアパートに暮らしてたんですよ。
最初は二人ともコンビニの夜勤だったり、引越しの配送員だったりで食い繋いでたんですけど、それも長くは続かなくて。せっかくなら芸人だし話のネタになるってことで変なバイトをするようになったんです。これはその中のひとつの話です。

要約すると、ある指定された場所に毎日供え物をするバイトなんです。
めちゃくちゃ気持ち悪いでしょ？（笑）
しかも注意事項のところに、「その場所には何のいわくもない」って書いてあって。逆にそこが意味不明なんだよっていう。
例えば、そこで事故があって誰かが亡くなったけど遺族の方が遠方で暮らしていてとか。体が不自由で代わりにお供え物を……とかなら納得がいくんですけど。

とにかく変でしょ？

でも詮索するなって書いてあるし。金の欲目には勝てない状況だったのもあって、試しに連絡してみたんですよね。

で、電話先の人はめっちゃ普通の人でした。ネタ的にちょっと期待してたんですけど（笑）

いいのか悪いのかって感じですよね？

仕事の話を聞いたら、概要にある指定された場所が意外にも住んでるアパートからさほど離れた場所じゃなかったんです。何より供え物を置くだけ、短時間で一万円っていうのが不気味さを抜きにするとめちゃくちゃ良い話じゃないですか。

なんなら余った時間で相方とネタ合わせも出来るし、こりゃ二人で一日交代でやったら最高じゃん！　ってことで、やらない選択肢なんてなかったです。

それからその変なバイト生活が始まりました。

供え場所は私達が住むアパートから自転車で十分くらいの住宅街にある空き地でした。

ほら、よくあるじゃないですか。手入れされず雑草が伸びて、「売地」の看板が建ってて、前に一軒家があったんだろうな～ってくらいの広さで、まさに●●さんが想像するそれですよ。

え？　そりゃ勿論調べましたよ～！

有名な事故物件検索サイトでも、「●▼市●●町　心中　他殺　殺人」みたいな感じで相方と二人してパブサしまくりましたよ（笑）

でもやっぱりなんもないんですよね。

まぁ、何もないなら怖くもないし、いいかってなって。夜中の一時くらいになったらアパートから自転車走らせて、周囲を確認してから仏花と飲み物を看板の下ら辺に置いてって感じで帰りました。

最初は気味が悪かったんですけど、私達のように変なバイトで稼いでる先輩芸人と飲んだ際に、その中の一人が――

「そのバイトの依頼主、その土地が欲しいんだよ。だけど少し値が張るだろ？　だから毎日、花だったりお供え物だったりをお前らに置かせて、その土地をあたかもいわく付きみたいにするんだよ。どうだ？　例えば、お前が土地を探していてそこに供え物が置いてあったら欲しいと思うか？　結局買い手も見つからないから安くせざるをえなくなる。そう考えたらお前らに払ってるすこし高い賃金も端金だろ？」

さらに夜中にお供えするのもその地主に見つからないようにだろうって、超名推理をかましてきたもんですから「なるほど！」って私たちもつい納得しちゃって。

そこから、怖いなんて感情一切なくなっちゃったんですよね。

実際バイト中は何も起きないし、一ヶ月経つくらいには完全に慣れてましたね（笑）

そんなこんなで三ヶ月目に差し掛かった頃でした。

事務所から連絡がきて一ヶ月間の冠ラジオ番組出演が決まったんですよ！　勿論コンビで！

そりゃもう相方と泣いて抱き合いましたよ！　いやぁ、あれはマジで嬉しかったなぁ。

よくよく考えてみれば、あの変なバイトのお陰でネタ作りや漫才の練習に余裕が出来て、少しずつですけどライブでの集客も増え始めてたんです。

ただ問題があったんですよね〜……。

喜ぶのも束の間で、そのラジオ収録時間が夜の二十三時からなんですよ。

そうです、そうです。どう頑張ってもバイトに間に合わないんですよ。

今考えたら本当に馬鹿なんですけど、貧乏芸人からしたらこんなチャンス滅多にないし。相方とも仕方ねぇよな、ってことで飛ぶことにしたんですよ。

こういうバイトに応募する時は偽名を使ってるし、雇い主も土地欲しさで嫌がらせしてんなら強く出られないだろって、高を括ってラジオ収録の日から行くのを止めたんです。

バイトを飛んでから何日か経った頃。その日も緊張しながらラジオ収録をなんとか終えて、二時をすぎたぐらいに家に帰り着いたんです。

仕事中は携帯をマナーモードにしているので、何か連絡きてるかなって見ると、とてつもない量の不在着信がきてたんですよ。

ああ、遂に行ってないのバレたかって思って、番号を確認したんです。
でも、それ全部バイト先の電話番号じゃないんですよ。
さすがに気持ち悪くて着信拒否にしようとすると相方が、「これ来週のラジオのネタになるじゃん！」って、その番号に電話をかけようって言うんです。

こんな夜中に、しかも知らない番号からの鬼電なんてヤバいしかないじゃないですか？　疲れてるし、最初は乗り気じゃなかったんですけど。まぁ、当時はそれくらいしてでも売れたかったので渋々かけてみることにしたんです。

コール音がしばらく鳴っていたのを覚えていますね。
深夜で近所も静かだし、相方も黙って私を見守ってて。
そんな状態で耳からは一定した呼び出しのコール音。
やっぱり悪戯か？　って、思ったあたりでつながったんですよ。
出たのは女性でした。

はなもうかれちゃってますよ
なんできてくれないんですか
わたしまだここにいてもいいですか
わたしまだここにいてもいいですか
わたしまだここにいてもいいですか

それだけ言って電話が切れました。

いや、あくまで私の考えに過ぎないんですけど……。

あの空き地、本当に事件も事故もいわくも何もないんですよ。

でもあの女の人、きっとずっとずっとずっと前からあそこに居るんですよ。

何もなくても居るんですよ。

でも何もないのに居たらおかしいじゃないですか。

いや、おかしくないですけど、嫌じゃないですか。

無理矢理にでもそれが嘘でも、取っ掛かり——所謂理由があった方がいいじゃないですか。

それがあくまで分かりやすいお供えだっただけ。お供え物がされている場所に幽霊が出ても納得がいくでしょう?

その方が私達もあの女も過ごしやすいんですよ。

過ごしやすいっていっても、もう死んでるってか(笑)

だから最近あの空き地で焼身自殺があったって聞いて、なんかほっとしたんですよね。

やっとかーって。

アルバイト募集7

場所：ご自宅
日時：自由
支給：1本につき2万円

【業務内容】
アダルトビデオのモザイク確認の作業になります。
こちらから動画をお送りしますので
不備がある箇所（秒数）を見つけていただきます。

【注意事項】
必ず1人で確認する事、未公開の作品のため
情報を口外しない事。

Q.

あなたの忘れられない経験を教えてください

なんていうかさー、大人なバイト？
って言えばいいのかな？
もっと分かりやすく言うのなら、
アダルトなバイトに憧れたりした時期なかった？（笑）
いやいや、下心ないって言ったらそりゃ嘘になるけど。
正直、ラブホの清掃とかめっちゃワクワクするじゃん？
そんな感じでじつは俺、
アダルトビデオのモザイク確認のバイトを
やったことがあるんだよ。

ほらこれ

（1）在宅でOK！映像チェックだけの簡単日払いバイト！

データ１本「２万円」から☆　経験・年齢も不問！

【業務内容】

AV映像のモザイク処理チェック

【件数】

１日２〜１０件

【支給】

１件２万円〜

※１日平均２０万〜３０万円以上

チェック後、すぐに確認完了の報告をお願いします。

ノルマ達成をされましたら日払いでもお支払い可能！

【注意事項】

配信前の作品となりますので、映像チェックは必ずお一人でお願いします。

また、情報の口外も一切禁止いたします。

【業務時間】

時間指定なし。

※決められた期間までにご確認をお願いします

巷ではそんな変わったバイトがあるんだ、みたいな。
漫画とか映画とか、ヤバい系のもの含めても
噂程度で聞くことあるじゃん？

本当にあるんだよ、これが！

たまたま友達の先輩の飲み屋に行った時に、
金欠なんすよ～なんて話してたら紹介してくれてさ！
しかもアダルトビデオ一本観るだけで
二万円ってやばくね？
タダでエロビ見られるし、金も貰えるし
一石二鳥じゃん！　って。
酒も入ってたんだけど、
その場のノリで応募しちゃったんだよ。

その先輩から雇い主の連絡先貰ってすぐ連絡したら、
明日からお願いできますかって事だったから、
メールで動画データを貰って、
次の日から俺はパソコンとにらめっこ。
まぁ、普段からPCゲーム長時間やってるし。
その甲斐あってか二、三時間の動画を何本も観るなんて
朝飯前なんだよね。

しかも、送られてくる動画の中には
有名な女優さんのもあってさ！
そんな作品を人より早く見る事ができるっていうのも
このバイトの醍醐味なわけよ（笑）

そんなこんなで短期間で
かなりの本数をこなしたもんだから、
雇い主に信頼されたのか知らないけど
珍しく電話で連絡がきたんだ。

電話っていっても、応募の時に一回話したっきりだしさ。
普段は動画チェックのやり取りなんて
メールで全部片付くわけよ。
だからなんで電話？　って感じで取ると――

大物が入ったんだけど十万でやってくれない？
これ誰もできなくてさ、
問題なければすぐデータ送るから。

じつはさ、これまでも新人のデビュー作とか、有名女優の単体企画ものとかで大事な作品の場合だけ三万とか四万に報酬を上げてもらえる時が何回かあったんだよ。
その時は数万アップだったのに、十万ってじゃあどんな作品なんだよ⁉ って、内心すっげー興奮しちゃってさ（笑）
そんなの、もうこっちからやらせてください！ って、二つ返事で答えたらすぐにその動画のリンクが送られてきたんだよ。

一本十万円の仕事をするとなるとさすがに緊張して、いつもは寝っ転がりながら見てるんだけど、その日は律儀に椅子になんか座っちゃってイヤホンまでつけちゃって（笑）めっちゃドキドキしながらそのリンク開いたわけ。

でもさ、おかしいんだよその映像。
画面全部がモザイクなんだよ。
最初は読み込みエラーかと思って
何回も動画をダウンロードしなおしたり、
リンクページも踏み直したりしたけど
何回やっても同じで変わらんのよ。

すっげー期待と興奮で
胸を膨らませていた俺としては
出鼻をくじかれたわけで、
超絶がっかりだよ。

だけどまぁ仕事だしと思って
とりあえずその動画見てたんだけど……
な～んか違和感あって。
アダルト系って全モザイクでも
なんとなくわかるもんじゃん？

でも、その動画。
モザイクかなり濃くて見えづらいのに、
和室みたいな狭い部屋に白い服の女性が
こっち向いて一人で立ってるのが、
なんとなくだけど分かるんだよ。

さすがに気色悪くて消そうと思ったんだけど、
十万円欲しさにやめるわけにもいかなくてさ……
見るだけ見るかって思って見てたんだ。
そっから二、三分経った頃かな。

「どうやってしんだとおもいますか？」

急に野太い男の声が耳に入ってきて。
そしたらその女の人が突然バタッて倒れて、
女の人の服が赤黒くなってってくんだよ！

何回も言うけど、モザイク越しだからよく見えないよ。
でも、色はなんとなくわかるじゃん。
もう、マジでビックリしてさ
けど、その赤黒いの血じゃないんだよ。

一瞬俺も「もしかして」って思った。
だけど、なんていうか血よりもドロっとしてて、
絵の具みたいな感じっていうか。
とにかくあれは血じゃなかった。
それが女の服からどんどん流れて、
畳に染み込んでいって乾いて黒くなる。

その様子が二十分くらいずっと流れてて、
驚きから「なんだこれ」ってなってきてさ。
いつまで見てればいいんだよ、
なんだこれって意味わかんねぇってなったあたりで
動画のシークバーが終わりかけて、
やっと終わる！　って思った時。

ぜんぶはずせばわかるよ

また、男の声が聞こえたんだ。

しかも今度はイヤホンからじゃなくて、
イヤホンの外から聞こえたんだよ。
もう俺、気持ち悪くなっちゃって、
家にいるのやべぇってなって、
スマホと財布だけ持って
家飛び出して近くの
コンビニのイートインに滑り込んでさ！

腹も立つし意味わかんねぇしで
速攻で雇い主に電話したんだよ。
なんなんですかあれ、話と違うじゃないですかって、
そしたら――

ねぇ、どうやってしんだかわかった？

あの女の人どうやって死んだと思う？

病気？

出血？

首吊り？

事故？

飛び降り？

何聞いても嬉しそうに
あの女性がどうやって死んだのか聞いてくるんだよ。
だから、もういいっす、辞めます。
って電話切って連絡先消してその動画も削除した。
動画見たのに結局十万は手に入らなかった。
関わりたくなかったから、
別にもうどーでもいいんだけどさ。

その後、適当にいろんなバイトして過ごしてたんだけど。
つい先日、友達と久しぶりに
その時の先輩の飲み屋に行く機会があって、
それで知ったんだよね。

あの雇い主、あの後亡くなったらしくてさ、でも死因は不明なんだよ。

これなんとかしてもらえませんか

私の住んでいる[redacted]の話なんだけど

そこ

ひとがしんじゃったら

土葬して、その上に木を植えて

そこにお供えをするみたいな変な習慣が

あったんだけど、

その植えた木が人の形みたいに

なる事があるんだよね。

男の人を埋めたなら男の人みたいな形になって、

女の人を埋めたなら女の人に、みたいな。

死
んで
も見守
ってくれ
てるんだね
ぇって当時は
作物とかを
――
お供
えしてた
と思ってい
たんだけどさ。

でもこれは何も埋めてないんだって。

お年寄りとか、木を管理している人たちは信じてないけど。

若いと面白がったりするじゃん。

それで、一回掘り起こそうとした人もいたみたいなんだけど

なんでか掘らなかったみたい。

でも、ある日こんなのが

幹に

絡まってるのを見つけたの。

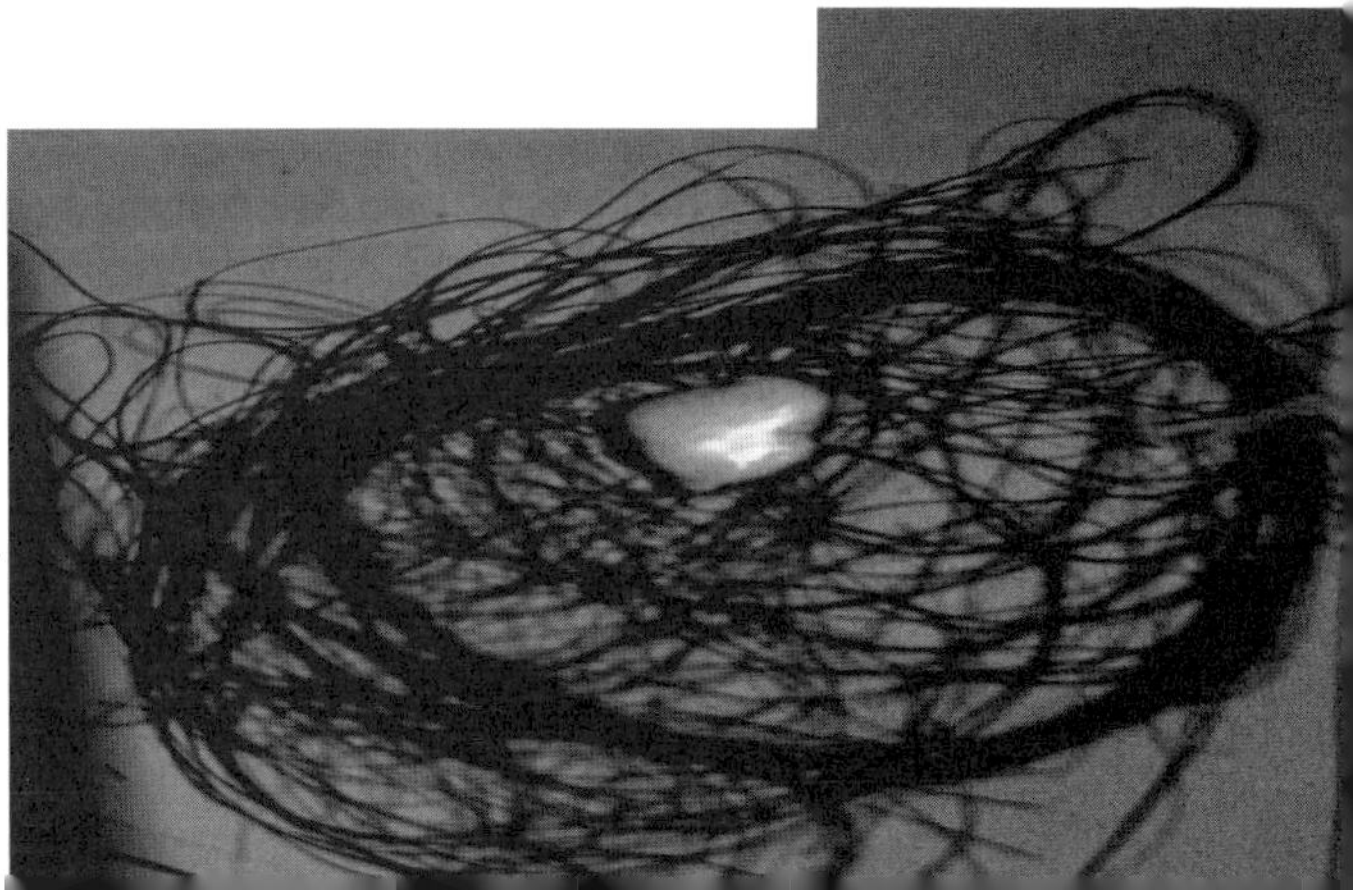

いきているみたいでこわいんですよ

そうしたら、

私

きづいちゃったんですよ。

逆もあるのかなって。

うまれるのかなって

「差出人不明で届いたボイスレコーダーに残っていた音声」

あ！　お久しぶりです！

佐竹さん（仮名）お久しぶりです。

何か頼みますか？
そういえば、最近いろんなところでお名前拝見しますよ！
一緒にお仕事させていただいた身としては勝手ながらに誇らしい気分です。
あ、でも！　有名になったからって私のこと忘れないでくださいね？（笑）
私からお誘いしておいてなんですが、もしかして今もお忙しいところでした？

忘れませんよ！（笑）

いやいや、それが全くでして……息抜きもしたかったので、外に出るきっかけがあって助かりました。ところで、電話で言っていたご相談っていうのは？

そうそう！　じつは新規の作品執筆をお願いしたいんですよ。
ほら、最近モキュメンタリーホラーっていうのが流行っているらしいじゃないですか。ご存知ですか？　ＳＮＳであがってたりYoo tubeで配信されたり。
私も最近動画見るのハマってるんですよ！

みたいですね。

ホラーにも新しい風というか、明確なオチが用意されてなかったり、逆にそれが良かったりしますよね。

最近はそのジャンルの映画もあったみたいですし。

ってことは、同じ系統のフェイクドキュメンタリーで書くということですか？

ですです！

でも、私としてはリアルがあったほうがもっといいと思うんですよね～。

肝試しでわざわざ心霊スポットに行くとか。

体験が欲しいというか！　もっと気持ち悪さが欲しいんですよ！

リアルかリアルじゃないかのラインがギリギリなほど、人の興味を惹くと思うんです！

え？　それって心霊スポット行ってこいってことですか？（笑）

まぁ、息抜きになるっちゃなるからいいんですけど……。

一人で行けっていうのもなぁ……。

当たらずと雖も遠からずってかんじですね。

じつは私の知り合いがとあるバイトをしていて、とんでもない事に巻き込まれたらしいんですよ。

いや、それ犯罪系じゃないですか！　嫌ですよ！

まぁまぁ、話は最後まで聞いてくださいって。

よくニュースで聞くようなやばいやつじゃなくて、ほんとに単純作業的なやつですよ。

その人のは何個もの音声データを仕分けるバイトだったそうです。

え？　なにそれ？

いや、私も又聞きなのでよくわかんないんですけど。

応募直後、メールで音声データみたいなものがＺＩＰファイルで何十個も送られてきたそうです。

それを聴いて指示通り仕分けるだけでなんと……二万円！　すごくないですか？

私、学生の時だったら絶対してましたね（笑）

えー……胡散臭いなぁ。

まぁまぁ。でも、なんか不気味ですよね。

問題はその音声データの中身なんですよ。

聞いた話、その人の時は叫ぶ声だったらしくて、それが老若男女二十人分あったらしいんです。

いや、気持ち悪すぎるでしょ……。

個室の中とか、恐らく水の中とか、森の中とか、人混みの中とか。

それはもう色々あったらしいんですけど……。

こっからですよ！　その二十個の音声の中に、じつは一つだけ死んだ人のものがあるからそれを仕分けてくださいっていうのが仕事の内容なんです！

やばいですよね⁉

まぁ、そのバイトをした人は死んだ人の声なんてわからないし、結局勘で仕分けて送ったらしいんですけど。

それを聞き当てろってそんなの無茶でしょ。

う〜ん……というか逆に気持ち悪すぎてますます胡散臭い。

それが今回の仕事とどう関係あるんですか？

先日の●●線周辺で起きた飲食店が全焼した火災覚えてます？

はい。ニュースでやってたんで。

店主さんがお亡くなりになりましたよね……。

あそこの炒飯めちゃくちゃ美味しかったからすごく悲しかったですよ。

それがなにか？

いや、偶然かもしれないんですけど。

二十個の音声の中に、咳き込みながら助けを求めるおじさんの声があったそうです。

え？　まって……。それって。


ま、この先はご想像にお任せしますよ。私も聞いただけなので。

書き手さんなんだから想像力は膨らませてください（笑）

本題に戻りますが、結構こういったアングラなバイト多いみたいですね。

現実は小説より奇なりってことです。

いろいろネット界隈含めて変なバイトした人たちを見つけたので、是非ネタ集めにインタビューしてみてください。

彼らの連絡先リストはこのあとメールで送ります。

で、でも……そんな個人情報をそのまま書くのはさすがに……。

全部赤裸々にしたら逆につまらないですよ。

そこはぼかしとけばいいんですって！　大丈夫ですよ！

じゃあ私はそろそろ次の予定があるので、ここの支払いは済ませておきますね！

あ、あの。さきほどの知り合いの方……バイトしてその後どうなったんですか？

間違ってますって突き返されて、結局お金も貰えず終いだったらしいです。

まぁ、そういった方々にこれから会うんですから。

今聞いても詮無いことでしょ。

ま！　頑張ってください！
進捗はいつもどおりチャットでくださいね！

PROFILE

くるむあくむ

SNSとYouTubeにて活動しているホラー作家。
その他の著作に漫画原作を担当する『N』(作画:にことがめ／KADOKAWA刊)がある。

写真・動画製作:尾中 颯

或るバイトを募集しています

2024年11月14日　初版発行
2025年7月5日　第7刷発行

著	くるむあくむ
発行者	山下直久
編集長	藤田明子
担　当	野浪由美恵
装　丁	Boogie Design
編　集	ホビー書籍編集部
発　行	株式会社KADOKAWA 〒102-8177 東京都千代田区富士見2-13-3 TEL:0570-002-301(ナビダイヤル)
印刷・製本	TOPPANクロレ株式会社

ISBN 978-4-04-738184-1 C0093